YUNDUO MIANBAO

云朵面包

[韩] 白希那 著 明书 译

接力出版社
Publishing House

作者　白希那

　　1971 年出生，韩国梨花女子大学教育工学系毕业。曾从事儿童光碟的开发工作，后远赴美国学习影视动画制作，现专职从事童书创作。

　　她从创作第一本图画书《大下巴奶奶、大眼奶奶和大牙奶奶》开始，便致力于引发儿童兴趣的、兼具个性的图画书创作。《云朵面包》用纸雕的技法生动地描绘出了一个雨天的想象故事，曾在 2005 年博洛尼亚国际儿童书展上获得"年度文学类最佳插画奖"。2012 年她创作的《澡堂里的仙女》获得韩国出版最高奖"第 53 届韩国出版文化奖"，这是这个奖第一次颁发给图画书作品。

桂图登字：20-2011-269

구름빵 云朵面包

图书在版编目（CIP）数据

云朵面包／（韩）白希那著；明书译.—2 版.—南宁：接力出版社，2016.8
ISBN 978-7-5448-4493-2

Ⅰ.①云…　Ⅱ.①白…②明…　Ⅲ.①儿童文学-图画故事-韩国-现代
Ⅳ.①I312.685

中国版本图书馆CIP数据核字(2016)第190075号

责任编辑：胡　皓　　美术编辑：卢　强　　责任校对：刘会乔
责任监印：刘　元　　版权联络：金贤玲　　营销主理：高　蓓
社长：黄　俭　　总编辑：白　冰
出版发行：接力出版社　　社址：广西南宁市园湖南路9号　　邮编：530022
电话：010-65546561（发行部）　　传真：010-65545210（发行部）
http://www.jielibj.com　　E-mail：jieli@jielibook.com
经销：新华书店　　印制：北京尚唐印刷包装有限公司
开本：889毫米×1194毫米　1/16　　印张：2.5　　字数：10千字
版次：2013年3月第1版　2016年8月第2版　　印次：2016年8月第12次印刷
印数：111 001-126 000册　　定价：35.00元

清晨，我从睡梦中醒来，
　睁眼一看，
　　窗外正在下雨。

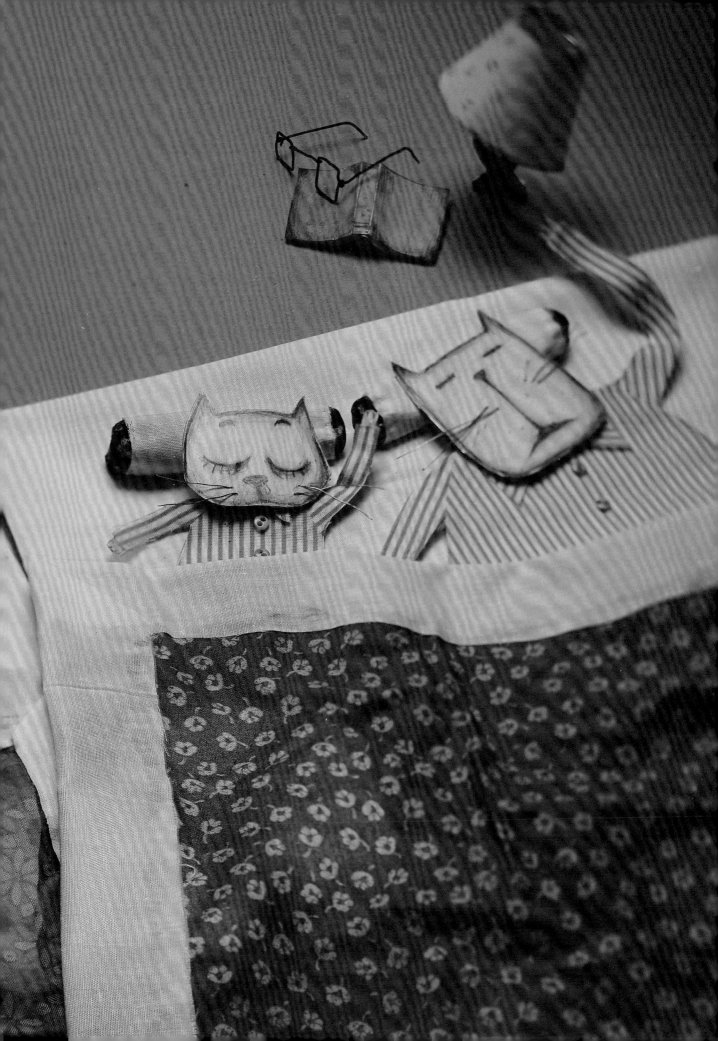

“快起床，外面下雨了！”

我叫醒弟弟，
　　一起走到屋外。

11

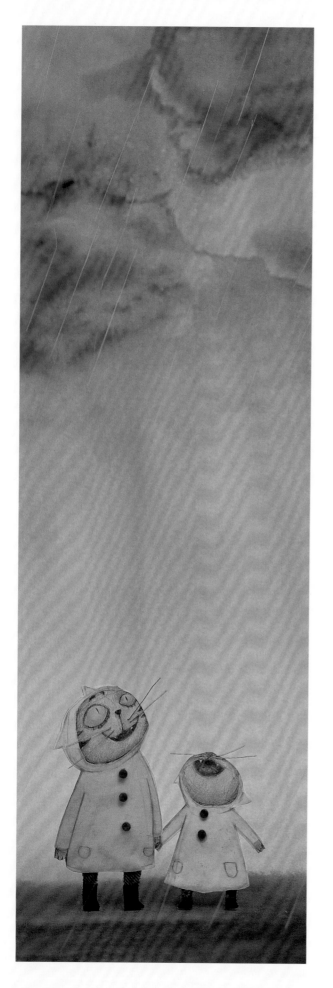

我们仰头望着下雨的天空，
看了好久好久……
今天，也许会发生一些
奇妙的事情吧。

“咦，这是什么呀？”
一朵小小的云挂在了树梢上。

云朵小小的，好轻好轻，
我们担心它会飞走，
小心翼翼地抱回家给了妈妈。

1. 妈妈把云朵放进大碗。

2. 加入热牛奶和水。

3. 再加入酵母、盐和白糖。

4. 先轻轻地和一和，揉成大面团。

5. 再揉成一个个圆圆的小面团，
   放进烤箱。

6. "再等45分钟就烤好了，就拿
   它当早餐吧。"

这时，
"糟糕！起晚了！
下雨天会堵车的！"
爸爸来不及等面包烤好，
就急急忙忙地拿起公文包和雨伞，
慌慌张张地奔向公司去了。

"不吃早饭会饿的……"
妈妈担心起爸爸来。

45 分钟过去了，
厨房里飘着阵阵香气。
妈妈轻轻打开烤箱，
啊！香气腾腾的云朵面包
　　飘飘悠悠，飞了起来！

"哇，好香！
开吃喽！"

吃了云朵面包，我们也
飘飘悠悠地飞了起来。

"爸爸一定很饿。"
弟弟说。
"我们给爸爸送面包去吧。"
我把面包装进袋子，
打开窗户，
和弟弟一起飞上天空。

"爸爸在哪儿呢？
难道已经到公司了吗？"

"不会的！你看，
好多车都堵在路上了。"

"看，爸爸在那儿！"
弟弟叫起来。

我们在密密麻麻堵满了车的马路上
找到了爸爸。
爸爸坐的公交车里挤满了人，
就好像沙丁鱼罐头。

"爸爸！"

"喵！"

吃了云朵面包的爸爸也……

飘飘悠悠飞了起来。

在天上呼呼地飞着……

一会儿就飞到了公司。

"呼！真是万幸。"

我们再次飞起来，穿过高楼丛林……

小心地避开电线……

轻轻地落在了我们家的房顶上。
雨停了，天上飘着朵朵白云。
"哦，我好饿呀。"
弟弟说。
"可能是在天上飞累了，
我们再吃一个云朵面包？"
我说。
弟弟和我又吃了一个面包。
谢谢小云朵，
云朵面包真好吃！

구름빵

云朵面包

导读手册

接力出版社
Publishing House

全国百佳图书出版单位
Top 100 Publishing Houses in China

因为云朵面包，他们从此幸福地生活在一起……

儿童阅读推广人、红泥巴网站创始人 阿 甲

孩子为什么需要童话？我说不上来，但我知道，大人肯定是需要的。不信的话，一起来读读《云朵面包》吧。

这是一本关于家的图画书。不过封面却是两个猫孩子坐在高高的屋顶上，吃着面包，雨伞和雨衣放在一边。怎么回事呢？这预示着童话的开始。翻开前衬页，天下起了雨，再翻下去，从屋内望向天空，幽蓝灰暗。可姐弟俩穿上雨衣准备出去时，我们看到了妈妈在厨房里的背影，灯光是那么的暖洋洋！阴雨天的户外，一片阴霾，但两个穿着黄雨衣的孩子，让一切变得可爱。于是神奇的事情发生了：挂在树上的云朵被孩子摘回了家，妈妈竟然要拿它做面包！

可是，急匆匆赶去上班的爸爸打破了温馨的气氛。下雨天是孩子们的神奇日，可对于上班一族，那是怎样的鬼天气！"天哪！晚了，晚了！下雨天会堵车的！"在家里，神奇还在继续，吃着云朵面包，妈妈和孩子们飘飘悠悠地飘起来，他们的心也飘了起来。孩子们决定飞去找爸爸，让他一起分享。

阴雨的街上，世界是那么的浓重、晦暗！所有的雨伞都是黑色的，大人们的脸上麻木而无奈，大车小车堆积在路上，车里的人们紧紧地挤作一团。还记得庞德的小诗《地下铁一瞥》吗——

人群中这些面孔幽灵一般显现，
湿漉漉的黑色枝条上的许多花瓣。

在尘世中如蝼蚁般忙碌的大人们一定能感同身受！可就在这一刻，披着黄色雨衣的孩子们从天而降，他们递过来神奇的面包，爸爸吃着吃着，也飘飘悠悠地飘起来，"像大鸟一样，飞得好高好高"，准时飞到办公室里，又回到俗世中。此时，连办公室也有了家的气氛，好心的同事端来一杯热腾腾的咖啡。

天仍旧下着雨，生活还是如常，但因为有了云朵面包，因为有了童话的神奇，

我也会做!

那就真的做起来吧,可以照它的样子做,也可以自己另外想一个故事,然后用棉絮、纸片、纸板、花布、纱布、别针、纽扣、树枝等等各种手边抓得到的东西,还可以加入巧克力、蛋糕、旺旺小馒头、水果糖、布偶等等一切你们喜欢的东西,拼出好看的图画和有趣的故事。

说到这儿,一个稍微有些陌生的词浮现在我的眼前,这就是波普艺术。

发端于20世纪50年代的波普艺术以大众艺术作为自己的旗帜。如果有人悲叹自己没有达·芬奇那样的才艺,而无法成为能画出《蒙娜丽莎》的杰出画家,那就请他站起来,走出传统艺术的象牙之塔,放弃一切画布、画纸、油彩、大理石、雕刻刀等艺术工具,把身边的各种杂物抓起来拼贴吧,这也是艺术,是众人都能参与其中的艺术活动!这活动其实更宜于儿童进行。

1956年,波普艺术之父英国人汉密尔顿展示了一件作品——《究竟什么使今日家庭如此不同,如此吸引人呢?》。这个波普艺术的标志性作品就是用闪亮的金属片、镜框、网球拍和人物照片及一系列颇像垃圾的家用电器照片拼贴而成,它所用到的材料比我们这本《云朵面包》还少一点呢。

就像现代服装工业把漂亮衣裳从贵族的衣柜里解放出来,使之成为平民百姓的周末衣衫那样,波普艺术把图画从需要长期修炼的技艺变成了大众娱乐项目。像我们这本书中的图画那样,人人可以参与创作。所以波普艺术成了强劲潮流,渗入到各类艺术,可能这也是这本书的图画多次获奖的原因吧。

可能会有人问,一本图画书的导读干吗扯那么远?至于说到它的艺术风格与所代表的文化潮流吗?

我一直以为,好的图画书插图,除了图解故事功能之外,还应具有审美功能和文化气息,成为人类文明长河中的美丽浪花。鲁迅先生一生曾具体推介过三位外国画家,其中两位是插图画家——为《一千零一夜》和王尔德童话作插图的英国画家比亚兹莱、日本画家蕗谷虹儿。鲁迅先生的推介理由并不仅是他们如何画出了故事情节,还有他们"用幽婉之美,描画出美的心灵","作品达到了纯粹的美"。

介绍图画书插图亦应如此,这也是我们在阅读外国来的图画时应该格外留意的地方。因为大多数人对于人类文化史、艺术史的一点知识往往就是在童年阅读中获得的,成为心中的格式塔,如俄国诗人普希金就是在乳母讲述的民间故事中获得了对俄罗斯文化之源的认知。

现在就让我们一边阅读这本具有波普风格的图画书,一边也动起手来体会一下波普艺术的乐趣吧。

《云朵面包》译后记

童书策划编辑　明　书

　　第一次读《云朵面包》是六年前在韩国首尔的教保文库书店里的书架前，每到一个异国城市，我都会去参观那座城市最大的书店，到了首尔更是要好好看一看，这可不仅仅是参观，可是把书店里的图画书仔仔细细看了个遍，《云朵面包》当然也不能错过。那一次是带着女儿去韩国旅游，也领她去参观首尔最大的书店，当年女儿五岁，虽然能听懂一些韩语，但是文字还没有学会，不过好像阅读图画书没有任何障碍，她用那稚嫩的声音说："我也想吃一口……"而更加吸引我的是那透出温暖灯光的厨房和甜美的家的氛围。

　　时隔六年，没有想到我与《云朵面包》有了更深的缘分，我有幸翻译了这本在韩国家喻户晓的图画故事，但是开始翻译工作后，我有些后悔了。图画故事的三要素是故事、图画、文字，我现在要做的就是这个文字的翻译，我知道这个翻译的重要性，用准确的文字传递作者想表达的内涵，用最恰当的文字让读者没有障碍地理解不同文化传递的文学内涵。

　　《云朵面包》的想象力、剪纸拼贴画、美妙的灯光设计、无与伦比的摄影效果等等我都不在这里赘述，这些就由我们的编辑、我们的阅读推广老师们向大家讲述吧。我只想和大家分享翻译带给我的乐趣，虽然是短短的一篇翻译稿，但也能带来很多奇妙的回忆……

　　一个下雨天的清晨，姐姐叫醒了弟弟，用孩子们之间的语言跟弟弟说："起来看啊，外面下雨了。"因为韩语的每一句话都有敬语，而这句话明显是孩童的口语，能表现出孩子天真无邪的内心。两个孩子把小云朵拿去给妈妈的那一段，孩子们小心翼翼的动作描述，真让我替他们捏了一把汗，生怕小云朵突然飞出孩子们的手掌心。

　　而在整个翻译过程中最让我纠结的是云朵面包和吃了云朵面包后飞上天空的情景，怎么也找不到合适的形容词，"飘飘然""飘飘扬扬""忽忽悠悠"……很多很多的词语都没能准确地表达原文的含义，韩文的形容词中有明显的借力升腾的含义，每每读到它时都会给人一种奋力向上的感觉，我和编辑反复思量，最后决定用"飘飘悠悠"来翻译这句，希望能够传递给读者悠闲自得、飘然升腾的感觉。

　　这个《云朵面包》的故事和女儿也是颇有缘分，对女儿来说，她当年阅读的是一本外文图画故事，而这次在我的翻译过程中竟然还帮了一个不小的忙。当我译到爸爸坐的那辆公交车时又遇到了一句韩语中的俗语，韩语表达挤满人的场所时往往会将其比喻成"养满了黄豆芽的桶"，是那种已经长出长长的茎的黄豆芽，而这种直译对于中国读者来说很难理解。刚好，那天早晨，坐电梯送女儿上学，电梯里人真是不少，我就和女儿聊了一句："电梯里这么多人，韩语会说像'装满了黄豆芽的桶'，是不是很形象啊？"女儿很认真地反驳我说："哪有人会这么说，应该是'像沙丁鱼罐头'，这才像中国人说的话。"真是一语惊醒梦中人啊。我把这事儿无意间和编辑聊了一句，编辑深受启发，一定要我把经过写出来，不过写在这里又觉得好像少了当时的那份惊喜。

　　翻译到这里基本完成，虽然觉得有些意犹未尽，但好在大家读下来还算能够感受到图画故事带给人们的温暖和美妙之处，我也就很为自己能做一些喜欢的事情而高兴，前不久在韩国的书店看到了白希那老师的另外一本叫《月亮冰激凌》的图画故事书，又是一个充满想象力的故事，因为不断的空气污染而变热化掉的月亮，用这个月亮露做一些月亮果子露冰棒给大家解暑，用月亮露种出月亮花，让它长出新的月亮，真是一个动人的故事，希望能有机会继续翻译白希那老师的图画故事。

　　感谢编辑给我这次翻译《云朵面包》的机会，感谢白希那老师写出这么美妙的图画故事，希望阅读这个故事的大朋友、小读者们喜欢它。

白希那图画书作品

《月亮冰激凌》
现已上市

《澡堂里的仙女》
2016 年秋季上市

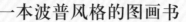

一本波普风格的图画书

著名儿童文学作家、画家
国际安徒生奖儿童插图提名奖获得者   王晓明

这本书的图画有些特别，因为它是用多种材料拼贴出来的。

拼贴成的图画其实并不少见，用布贴成的叫布艺画，用树皮拼贴成的叫树皮画，甚至还有用煤块拼出来的，就叫煤画了。记得早年间中国画家在俄罗斯留学，老师就安排让他们用树叶树皮粘成一幅图画的作业。至于古希腊、古罗马人用马赛克拼成的镶嵌画，那更是一种源远流长的艺术了。

我们说它有些特别，是因为它不像布艺画、树皮画那样用一两种或两三种材料拼贴而成，而是用了许许多多不同的东西拼贴而成，然后用摄影和电脑进行加工，合成为一幅插图。

现在让我们选择其中的几幅，仔细看看作者是怎么完成这些画的。

比如"早上醒来"这幅画，我们可以看到用细铁丝拧成的眼镜架，用纸做旧了的老书，用毛线和纱布做成的枕头，用布粘贴成的被子和睡衣（睡衣上有真正的塑料纽扣），用炭笔在纸上画出的猫脸，而猫的胡子是铝丝做的！

又比如两只小猫走到屋外仰望的天空，那是用真正的水彩颜料画出来的。树，则用上了真正的树枝。那朵小小的云用上了真正的纤维棉，不是有人说白云像棉花吗？而在这儿，就是棉花像云朵了，的确很像呢。而那雨水，是用电脑画出来的。

再比如"面包从烤箱里飘飘悠悠地飞了出来"这幅画，面包是真正可以吃的面包，烤箱固然是纸做的，但里面却有真正的灯光！那一定是作者在烤箱里装上了真正的电灯泡和电线电源。我曾在图书中摸到过真正的毛皮，嗅到过真正的狐狸气息，但看到图中有真正的灯光还是第一次呢。

更奇特的是，作者可能连电吹风也用上了，姐弟俩从窗口飞出去的瞬间，图中的布窗帘是飞扬着的，估计这是被电吹风吹起来的。

在最后那页上，姐弟俩正坐在屋顶上吃面包，小读者一定会发现这儿有着自己最熟悉的手工劳作材料——曲别针和纸片纸板。小读者也许就会叫起来：这个图画

生活变得不再那么不堪忍受。如果是这样，为什么要拒绝神奇？为什么要拒绝童话呢？

孩子终归是要长大的，他们的想象会如同大鸟张开翅膀，也会在想象中遭遇现实的挑战。书中两位凯旋的孩子，在高楼大厦间穿行，胆战心惊地避开挂满空中的电线，最后终于降落在自家的屋顶上。再一次，神奇的云朵面包成为对他们善良和勇敢的奖赏。

雨停了，云朵被阳光染成了粉色，孩子们吃着好吃的云朵面包。从此，他们幸福地生活在一起……

《云朵面包》富有诗意地讲述了一个关于家的故事，一则关于成长的寓言。它优雅地借用了童话的神奇，轻巧地打破了惯常的视角，让大人与孩子一起重新去品味最为平凡的生活，一同感受温馨的力量。

作为用图画书来演绎的童话，《云朵面包》还别具一种新颖的魅力。它混合了多种艺术表现手法，除了绘画外，还大量采用了摄影、剪纸、布艺的方法，通过精心的拼贴来构图，让画面充满了质感，富有浓浓的生活气息。

比方说，画面的场景常常是摄影后再处理的，显得格外真切；而人物造型却主要是采用剪纸的方法，特别富有童趣；人物的服饰，床上的被子，窗帘、雨伞、皮包等用具，却是用布、皮革或塑料等材料制作的，让人忍不住想用手摸一摸。最有趣的还是那些云朵面包，应该是用真的面包拍摄而成的吧？金黄诱人，似乎都能闻到它们的香味儿了！

这么诱人的《云朵面包》，不想和孩子一起尝尝吗？

大家经典图画书系列

《云朵面包》——烤出温情的想象奇迹
- ★ 荣获 2005 年博洛尼亚国际童书展 "年度文学类最佳插图奖"
- ★ 2005 年法兰克福国际书展 "韩国优秀插画作品展" 作品
- ★ 荣获 2006 年度韩国最佳儿童图书奖

《活了 100 万次的猫》——跨越生死的爱的奇迹
- ★ 荣获 2005 年日本学校图书馆协议会第 23 次 "好图画书" 奖
- ★ 日本学校图书馆协议会选定图书
- ★ 日本中央儿童福祉审议会推荐图书

《爸爸带我看宇宙》——孩子一生不会忘记的温暖旅程
- ★ 《我的爸爸叫焦尼》《爸爸变成了幽灵》作者的又一佳作
- ★ 作者荣获瑞典林格伦文学奖、德国青少年文学奖

《穿毛衣的小镇》——一个心愿让世界变得五颜六色
- ★ 2013 年美国凯迪克银奖作品
- ★ 作者乔恩·克拉森为 2013 年凯迪克金奖、银奖双料赢家
- ★ 入选《纽约时报》年度畅销童书

《一本关于颜色的黑书》——触动心灵的色彩奇迹
- ★ 入选 2012 年中国幼儿基础阅读书目
- ★ 2008 年《纽约时报》最佳图画书
- ★ 荣获 2007 年博洛尼亚童书展 "新视野" 奖

《大黑狗》——战胜恐惧的勇气奇迹
- ★ 2013 年英国凯特·格林纳威大奖作品
- ★ 2013 年美国图书馆协会推荐优质童书

《神奇的窗子》——对望相守的情感奇迹
- ★ 2006 年凯迪克金奖作品

《眼》——唤醒你各种感觉的美丽的书
- ★ 2013 年博洛尼亚国际图书展最佳童书奖作品
- ★ 作者两度荣获布博洛尼亚国际最佳童书奖

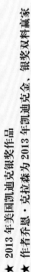